樹林叢書

歌集

うた日記・尽くるまで

田中恵子

現代短歌社

夫　穣の最後となったパリ

平成 16 年 11 月田中穣講師毎年恒例の「美術の旅」翌年 4 月死す

巻頭歌

夫死して12年目になる月日　一度も夢に会はざるも　愛　にてあらむ

脱原発　にはあらねども　脱亡夫　いまはも自由をおのれ生くべし

目次

うた日記・尽くるまで

平成25年（２０１３）

生の喜び　　P12　2000

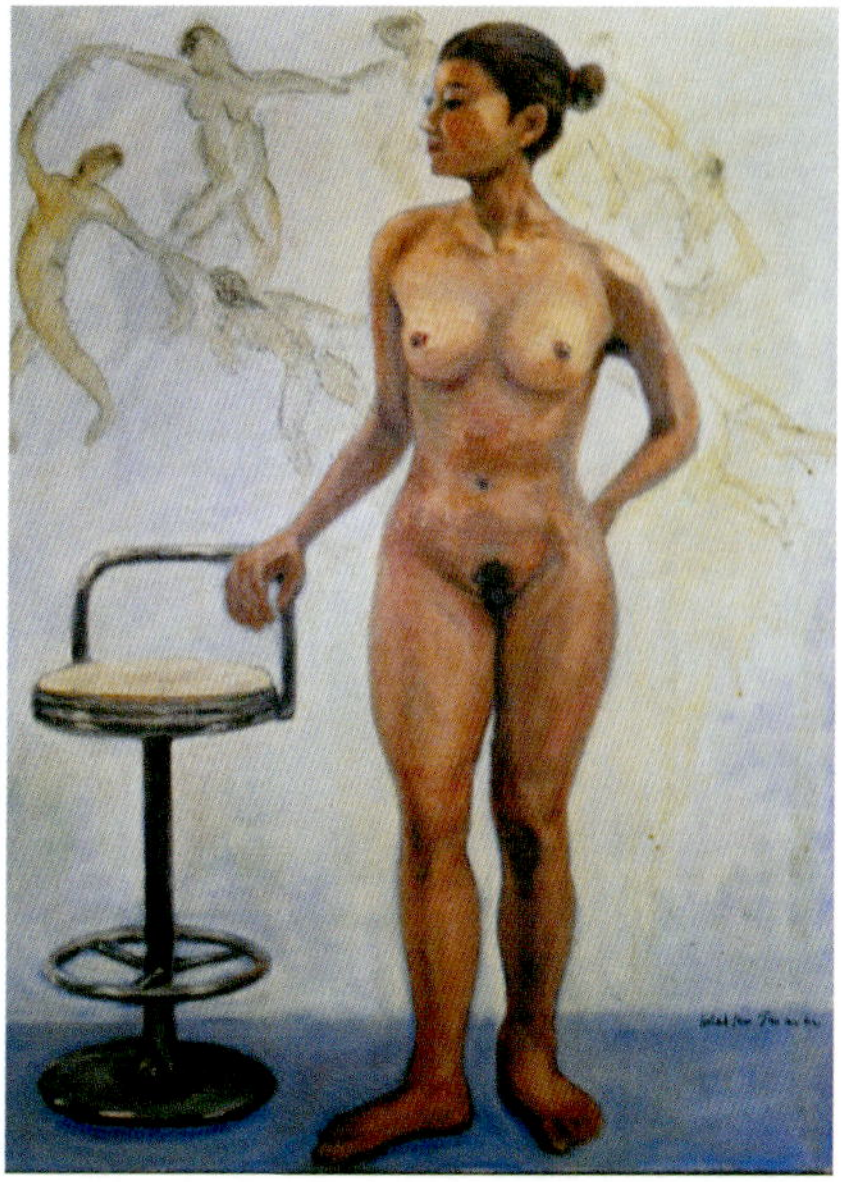

マティスの「ダンス」

新年

地上すれすれ棚びく雲あり初茜　まなくに米寿の初日《はつひ》のぼらむ

認知症の友を淋しむその夫がこまごま書き来し年賀状　うら悲し

わが出しし年賀状2枚戻り来て電話したれば
「現在《いま》使われていません」

久々の銀座の正月眩しくて　疲れいまさら己が齢知る

「花は咲く」

３・11未曾有の震災羅災者の心に寄りそふ復興ソング

（平成23年東日本大震災）

「花は咲く」流れてくれば共に和し気づけば涙がすうと頬つたふ

災害を絶望として終らせまじ　必ず希望の花は咲くべし

「いつか生れいつか恋する君のために」最後
のフレーズぐつとくるなり

わが涙は　生れ　恋する　キミのいつかに
到底会ひ得ぬ未来への羨望か嫉妬かも

原発の被災者は未だ仮設にて　馴らされし絶
望31万5千人

今にしてどきりとし聞く被災者の「あの時世界から彩《いろ》が消えてしまった」

デパートの騒めきの中「黙禱」のアナウンス流る　２時46分

サイレンは悲鳴に似るも天を支ふ　２時46分

被災地の黙禱

（テレビ）

留守中のあの日10階わが家でも本や食器がなだれ砕けゐき

民謡うた祭り　（テレビ）

唄ひ手と微妙にずれて追ひすがる尺八の音色に悲愁たなびく

声はりあげ艶めく独特節回しに万雷の拍手が
会場ゆるがす

高音にて朗々ゆたかの民謡は例へば　西洋の
アリアに似る　かも

ふるさとの応援歌と言ふ人ありて津軽三味線
大地に根ざす

春待つこころ

空を掃く竹箒に似てそそり立つ欅の梢に光る
風わたる
名も知らぬ可憐黄の花２つ３つ地べたに張り
つく　春はすぐそこ

高層の屏風なすビルに囲まれて　凹凸の空
やさしかりけり

コーヒーは家でも飲めるに駅前のコーヒー喫
茶に　人恋ひてか　行く

女学校同窓会（昭和18年卒）

ひさびさの東海道線の窓外に飛びゆく景色の
過去まぶしく追ふ

卒業し70年なりそれぞれの歴史を刻む顔にて
集ふ

ちぐはぐの回顧やおしやべりに花が咲き　片
隅にただ笑むばかりのAさんもゐて

同窓会とは名ばかりにして　10名の米寿は歌
ふここぞと校歌を

わづか10名よくぞ10名と言ふべきか「一人に
なるまで」と誰ぞ言ひたり

ひとり旅

夫の８年祥月命日　その間《かん》をよくぞ生き来し
わがひとり旅

絵を描きをれば楽しも老い忘れ　歌詠みゐて
も老いを遠ざく

百歳まで共に生きむと言ひてゐし同年の亡夫《つま》
も座す米寿の宴

瞬く間に過ぎ去る月日を追ひかけて行けぬは
もどかし　深呼吸す

死者見つむる如き目をもてわれを見し夢の中
なるそは誰なりしか

「北の国から」（初放映1981〜2010）

倉本聰の「北の国から」再放映にふたたび会ひ得るなつかしき人々

さだまさしのハミングあたたかにどこまでも起伏し広がる富良野の雪原（タイトルバック）

吉岡秀隆演ずるじゅん君のモノローグ　たど
たどあどけなく抱きしめたくも

電気も水も無き掘立小屋に２人の子供と自然
を友に闘ふ父は
（離婚して子を連れ東京から移住）

川より水ひき　風車であかりをともしし父
子らぶつぶつ言ひつつ素直に成長す

田中邦衛が口をとがらせどもり気味に子育ての健闘ぶり　あたたかくすがすがし

離婚せし母の葬儀に行きし子ら　東京のすべてをこらへ健気に戻り来ぬ

登場人物みな主人公　恋も嫉妬も　涙や希望も　諍ひも　からみあふそれがふるさと

すでに亡き名優3人《みたり》も生きてゐる　会ひ得て嬉し「北の国から」

（地井武男、大滝秀治、伊丹十三）

スマホ

うしろより突如ぶつかり「ごめんなさい」女性はスマホに釘づけのまま過ぐ

真昼の車中　座席一列全員が黙々スマホに向かふは石像居並ぶごと　壮観と言はむか

ＩＴ機器に囲まれ育ちし世代たちは年《ねん》がら年《ねん》中スマホ漬けにて

スマホなど偶にはネットにつながらぬ己が時間持てかしと言ひたけれども

時代おくれ　かもしれぬなり　夫死後に娘が
与へ呉れしケータイ　心強くはあるに

パソコンも出来ず辞書を相手にしすべて手書
きの老いのひがみか

膨大な米寿といふ時間を手書きしてまとめしは
さすがに疲れ果てにき

10月も終るか

7か月かけし原稿提出後は　糸切れし凧のごとくただよふ

（歌文集『べいじゅ』の歌稿）

もう何もする気おきねばせめて散歩　疲労が老いを加速せぬやう

ひまなくて日記はまばらになりゐしを今さら驚きつつもうべなふ

寝坊するも朝刊だけはじつくり読み　気づけば11時　自由と言はむか

一人の朝昼兼食《ブランチ》作るより易（安）くサンドイッチ茹で卵コーヒーのモーニングセット　360円也
（コーヒー喫茶）

外国の朝のホテルを抜け出でて当地の活気に
座しゐし如くコーヒーすする

毎日をかくのごと動作ひきずりて　月日を足
早に過去となしゆく

歌文集のゲラ刷りを待つ　今日か明日かと
待つ日々は長く　10月も終らむ

勇気と言はむ

踏切の老人生き得て　自らは未来を閉ぢしを
勇気と言はむか
無念さははかり知れざりみづからも生き得る
術のあらざりしかと

新聞に載りたる笑顔の奈津恵さん　やさしさは死なずにゐてほしかりき

「自らの危険かえりみず救出にあたりし勇気」と紅綬褒章

その父は健気に言ひたり　老人の助かりしことが　娘の本意なればと

マイクにて問はるればかく答へざるほかなき
父の心情痛きまで

黄葉

一陣の風に公孫樹の並木路は金の片々吹雪く
がに見ゆ

夕日受けこがねに透きしが惜し気なく　はら
はら舞ひて　地にとどまりぬ

ふきだまりに積る落葉も地おほふも　命絶え
しに　黄は尚鮮やか

落葉にも人権あるかと踏まぬやう避けつつ歩
く爪先だちて

切り込みがある扇形の造形美のあたたかき黄を本の栞に

大みそか

今年もはや今日一日を残すのみ　いとしきやうな空間に　ひとり

米寿ことし　歌文集出さむと幼な日の記憶よりたどりて壮大に疲る

この一年それのみに心奪はれたる歌文集『べいじゅ』は来春日の目見るべし

平成26年（2014）

想う　　F20　1995

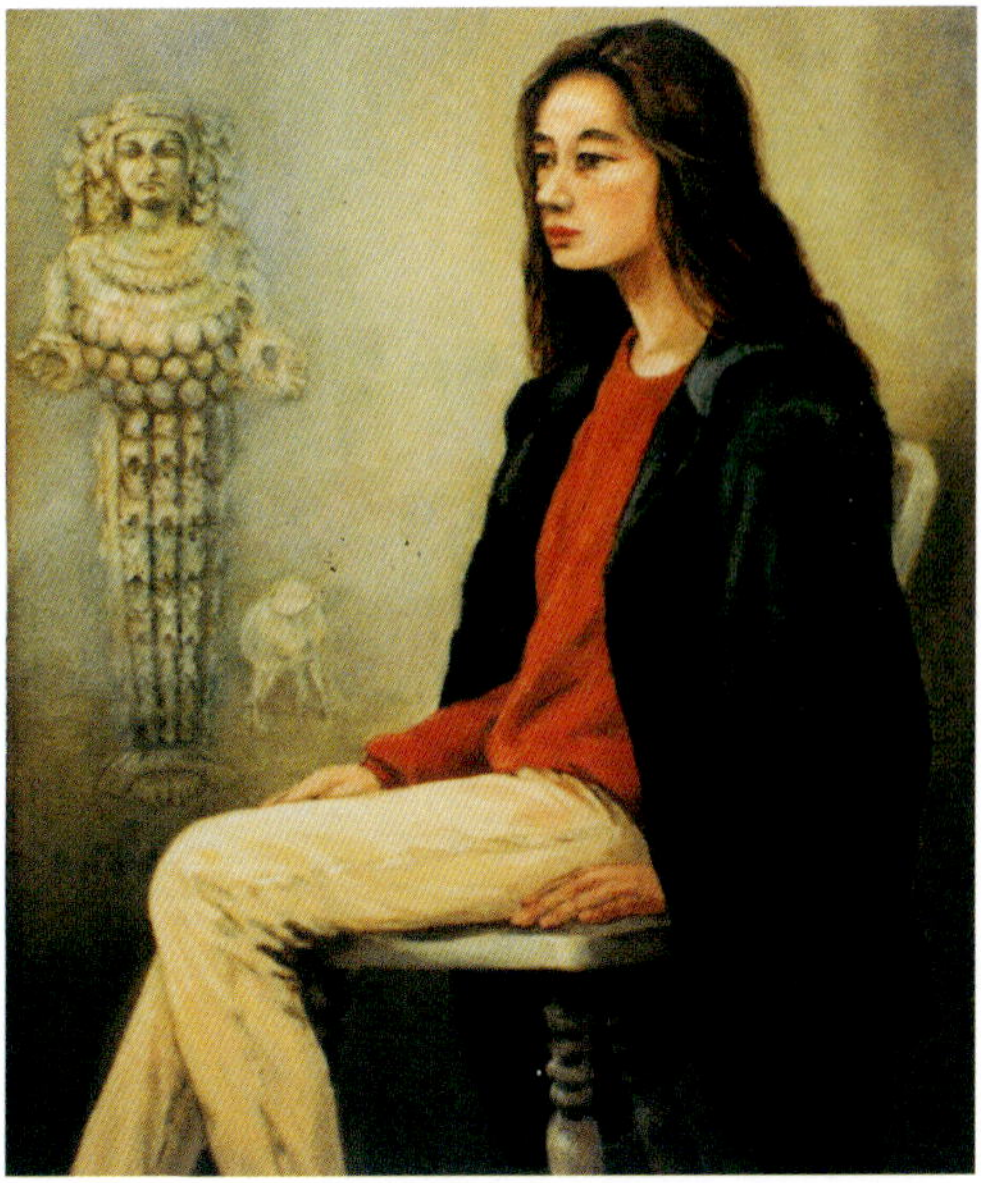

エフェソスの豊穣の女神アルテミス
（胸一ぱいのコブは乳房とか？）

元旦

墨色の切絵そのものビル稜線に　くつきり区切らる広大あけぼの

金色のまばゆき初日《はつひ》は10階のベランダにも老いにも新年もたらす

年明けて数へ年なら90歳　はるか遠くに来たるわれかも

老いてこそ年に一度の安否問ふよすがの年賀状２枚が付箋つきて戻り来ぬ

雪国の３歳曾孫の笑む顔にキスして飾る　孫娘の賀状

日記

日記とは毎日記すから日記なり　今年の誓ひはそを破ること

歌文集出すべく去年《こぞ》は格闘し　気づけば日記怠りゐたれば

気のむくまま記すと決めたり　日日《にちにち》の動作が
〝時〟に追ひかけられゐて

短歌めくフレーズなども浮かぶまま　毎日の
義務なき気楽さに記すべし

盲目の若きピアニスト辻井伸行　（テレビ）

見えざるにマジシャンのごと早わざで10指は
踊る鍵盤の上

鍵盤を左右自在に駆けめぐり踏み、はづ、さ、むか
と息のみ見惚る

見ゆるがに平然と弾く10指　その司令塔の頭
脳を開きて見たし

天才か　才能か　努力か　神わざか　われはも目を閉ぢ　ショパンに聴き入る

激しくて華麗ちりばむ音の彩　わがまなうらを景なし過ぎゆく

3・11大震災後に作曲とふやさしき余韻「それでも、生きてゆく」は

イル・ディーヴォの「花は咲く」（テレビ）

ふと耳に外国人歌ふ「花は咲く」　一瞬にし
てとりこになりぬ

カラオケのごと英訳テロップ流るるを　追ひ
かけ歌ふ胸あつくして

イル・ディーボはそれぞれ国籍異なれる４人
の歌手のボーカルグループ

娘《こ》の買ひ来しＣＤ奪ひてひねもすを　何故か
恋する空間にひたる

聞き馴れし日本語にも増しこみあぐる異言語
の新鮮さ　yes they will

歌文集『べいじゅ』成る

一年をかけし待望の『べいじゅ』成りいとしき嬰児の畏れもて表紙撫づ

いくたびも電話が鳴りてぬくき一日《ひとひ》　東京に誇らしく雪降りしきる

88歳　われながらまぶしき8冊目　夜を徹し
読みたり300余ページ

同年の夫死して9年のふたり米寿　共に『べ
いじゅ』を祝はむかなや

大坂泰師の序文の題名予想せぬ「現代の想夫
恋」とは　感きはまりぬ

朝日

カーテンを開き一瞬目を疑ふ　貼絵さながら
に浮く真紅の円

はるかなるスカイツリーに添ひゐるは　いつ
ぞや見たる赤き月かと

霞む大気に眩しさはなく赤き陽は　徐々昇り
ゆく　地球の自転

裸眼にて見つめゐたれば真赤きは　黄金のか
たまりと化して目を射る

眩しくて閉ぢしまなうらに残像が青黒き汚点
となりつきまとふ

春彼岸

春彼岸　寒戻りしに人人人　啓蟄の虫をふと思ひみる

墓前にて供ふる花と線香の下には遥かな亡夫の９年

浅《せん》草《さう》寺《じ》界隈そぞろ揉まれ行けば騒めく原色が
目を楽します

さくら

今日よりは消費税あがるもなんのその　らん
まんの上野は人も満開

美術館への桜並木で足踏まる　樹下はえんえん宴会無礼講

日本人は何故かく桜に騒ぐのか　ＤＮＡのせゐとも思へず

かつて桜の散るを潔よしとする戦死サンビの時代がありき

（「桜花《おうか》」特攻兵器・人間爆弾）

現在《いま》でこそ花見は諸人《もろびと》の楽しみに　どんちゃん騒ぎもこれも文化に

桜の木の下には屍体が埋れゐる　いついづくかで脳裏に入りしか　忘れがたくも

サクラのサは農事の神　クラは倉　かつて桜は農耕の神にてありたるらし

「私は貝になりたい」（1959）

胸突かる　主役変はれど再びの映画「私は貝になりたい」（リメーク2008）

初に観しは喜劇俳優フランキー堺の風貌そのままの庶民の嘆きよ

上官の命令はそく天皇の命令にして従はざれ
ばジゴク

純朴な二等兵がＢＣ級戦犯（捕虜殺害容疑）
にて「君は天皇から直接命令受けしか」と

藁人形突くさへ躊躇しびんた食《くら》ふ床屋のおや
じが　戦犯死刑

（藁人形を敵と見なす突撃訓練）

憲法記念日

朝刊の一面二面三面をじっくりと読む　今日
憲法記念日

改憲に執念の首相は９条を解釈変更し集団的
自衛権をと

マイ散歩みち

骨折しはじめて気づきぬこの道がだらだらと
した坂なりしこと（5年前タイ国にて左足骨折）

ゆるやかに長ながが続くこの道を追ひこされ行
く5月の陽光

かつて強歩を誇りし足は　ひとり　ふたり
３人５人と追ひこされゆく

ゆらゆらり風とたはむる韮《にら》の花　迷子のやうな道ばたの生

伸びきりし茎の天辺《てへん》に疎ら連なる白き小花に
親の臭《しう》見えぬ

５月ともなれば桜並木路は緑に　われにも青
春の来よ

背をのばせ頭《かうべ》をあげよとワタシ言ふ　杖をた
よりのマイ散歩みち

新聞の匂ひ

百年ぶりの再連載とふ漱石の「こころ」読み
ゐて浮ぶ曾祖母

昭和初期《はじめ》小作人らの出はらひし母屋《おもや》にひとり
90歳は新聞読みゐき

当時のままの「こころ」の連載　ハイカラ
老婆《ばあば》も　この文字たどりしかと懐かしく

今し読めば「こころ」じつくりゆつくりと沁
み来ぬ　少女期には退屈なりしが

ちかごろは地球上にさまざまの緊張ありて
新聞は週刊誌なみ？　厚く

本読まぬ日のあらうとも分厚きに目を通さね
ば　今日が始まらぬ

ひとり住む気ままな相手の新聞の匂ひは亡夫の郷愁なるかも
（亡夫はかつて新聞記者）

見る見る間に

見る見る間に視界閉ざされ急変の真白き世界に暫し見とるる
（10階窓外）

月山《ぐわつさん》より見し雲海の如き流れを　思ふ間《ま》さへなく　雷雨　雷光　雷鳴　落雷

10階窓外　はるかじぐざぐ行く車　滲むライトが存在知らしむ

またたく間　雷雨は去りて見馴れたる下界が浮き出づ影絵のごとく

残雲は奔流のごと流れゆき現はれしスカイツリーの唯我独尊

隅田川花火遠望

10階のベランダより眺む　ビル群の視地平線上つぎつぎ盛り上る花火の輪

高尾山よりも高きスカイツリーは　脚下にきらめく花火とネオンにて共演

絢爛の下界に弾かれ上空に流れゆく蛍と紛ふ一点

つひに打ちあげ　遠花火の鳴るは見えねど居間のテレビは爆音渦巻きやがてため息にて終る

2万発の競演終り虚しき闇に　希望へ向かふらむ　流れゆく飛行機尾灯

7月はわが

急激な暑さと疲れいつのまに居眠りたるらしはつと目が覚む

孫の都合でわが誕生日を一週後に予約せしと
娘の電話

大《おほ》ママわれは不思議な生物　89の誕生日を祝
ひくるるの一言に目覚むるは

急逝す米倉斉加年《よねくらまさかね》80歳　俳優　演出家　わけ
ても妖艶繊細な女性画と童画

反戦への思ひ切々訴へゐき　葬儀に憲法９条

自の朗読テープが流されしとぞ

われら夫婦は40代より新劇（民芸）ファン

瀧澤修　宇野重吉　米倉斉加年　今は三人と

も　夫も亡く

今を生きよう（兄の死）

肌を刺す痛みさへ感ずる炎天下　みな生きて
ゐる　蟬も向日葵《ひまはり》も

脳出血後7年を生き兄は猛暑に安らけく90歳
を閉ぢたり

兄は死の前日ハーモニカを欲し　曲にはなら
ねど吹きしと　その妻は　　　（中学時代より愛好せし）

先月の電話がわれとの最後とは　ただただス
ゥイーツの礼を　アリガ　ト　ウ

命あるものは必ず死に至る　そを心して　今
を生きよう

8月は

被爆者代表平和の誓ひの痛烈批判に首相は去年と変らぬコピペ（引き写し）
（長崎原爆記念日）

トラトラトラの映画を観たり　戦争とはまさに殺しあひ正義など無し

しののめを蜻蛉《とんぼ》がつらなり行く如し粛々と目
ざすは真珠湾奇襲

日航ジャンボが墜落して29年　テレビに声の
みの出演者　迷走32分の地獄を語る
（死者５２０人生者４人）

足に自信なく欠席す　欠かさざりし「８・15
を語る歌人のつどい」

青年が喫茶せず食パンのみ買ふに自活始めし男孫重なる

広島に夜半の豪雨土石流　明くればさながら空爆後のガザ地区か

山は削られ樹々家々もなぎ倒され岩石ごろごろ　団欒の場は行方不明

最北端の礼文島にも死者出でたるゲリラ豪雨
東は猛暑のこの夏終る

スーパームーン（今年は中秋名月の翌日）

澄みわたる宇宙空間にぽつかり浮く肥大満月
思はず息のむ

今宵地球に最も近き満月はひときは大きく
おぼろ　あやしげ

スカイツリーの肩に貼りつく盆の月に兎のよ
ぎる童画の世界うかぶ

天空に孤高の望月　われも孤よ　下界ではか
すかに虫たちの合奏が

ひとりの夕餉に電話鳴りたり「お母さん　月がとってもきれい美しいわよ」

秋の空と「なつかしの歌を歌う会」

秋天にルソー画の雲浮かびゐて時折まだらに地上をかげらす

テノール歌手とピアニストの司会「なつかし
の歌を歌う会」に初参加

おほかたが元気な老人100名とは圧倒さるるも
同化してゆく

ひとり居は声を出すこと少なくて今思ひきり
童心にかへる

知る人無くば有らむ限りの声はりあぐ　たとへリズムがずれてゐやうと

里の秋ドレミの歌や赤とんぼ小さい秋見つけたサンタルチアなど
（10月なので秋の歌20曲）

月に一回　待たるる日なり　かくも多く声出したき仲間のゐるたのもしさ

帰りみち　夕日に光るうろこ雲は間なく霧散せむも　歌ふ会は

東方には真綿ひきのばしし雲を透きま白き円月おぼろ郷愁

皆既月食　（スーパームーンと皆既月食重なりし国もあり）

ＬＥＤノーベル賞のその青は今宵もスカイツリーをここぞと型どる

スカイツリーの右側に添ふ恥ぢらひの月よ今宵は皆既月食

10階のベランダより天体ショウ見むと亡夫の望遠鏡探し出し来て

漆黒の大空高く瞬きつつ渡りゆきたり飛行機
尾灯

孤高の月は徐々に空高く昇りゆき心なしかも
小さくなりゆく

満月は左下より欠けはじめ　やがて弧となり
点となり　消ゆ

漆黒の増したる宇宙に　赤銅色グラデーション
の月の残影

スカイツリーの青き光が闇空に勝者のごとく
天を突きをり

月の顔　しばし待ちつつ目落せば　意外や下
界の灯のなつかしく

天体ショウ終りの始まり　円月は恥ぢらひつつ徐々に青白き顔見す

大人のジャンパー　（御嶽山大噴火）

御嶽山が突如火を噴く　紅葉見ごろの登山者多き土曜日の昼

青空に突如動画か　むくむくと黒煙噴きあぐ
あれよあれよと夢なる如し　（テレビ）

少女温《ぬく》めし大人のジャンパー　その青年はも
薄着にて発見され　死者57名に

颱風も来て　高積火山灰は粘土状　膝までぬかり格闘する捜索隊

日日千名の捜索隊遂に打ち切らる　残るは6
名　来春まで無念の無念の眠りに

3キロ先を

知らぬまに撮られしわれの立ち姿　若しとの
自負はショック老婆にあらずや

「3キロ先を見据えて歩け」誰《た》が言ひしか当
時一笑せしを　今思ひ出づ

一歩二歩　店舗のガラスに確かめつつ　100歳
まで生くると決めてゐたれば

夕焼こやけ

大空を赤く染めざる夕焼は　入り日朱色に消
し炭のごとし

夕暮に夕焼空無く　東天にはおぼろ月影白く
浮き出づ

視界果ての高層ビルの窓一点を煌めかせ朱の
太陽落つ都会砂漠に

夕焼こやけ無きを未練に歌ひつつ　改め辞書
ひく　夕焼現象とは

師走

いつのまにわれを無視してかくも早く　時は流れき　12月の声

目覚むれば9時を過ぎをり　まあいいか　かくして老いの一日は短く

真珠湾攻撃の日ねと言ひたれば同世代さへはるか置き忘る

ノーベル賞受章後の中村教授「いやあただの金属ですよ」げにも

ともに受章の寺崎・天野両教授は照れつつ「めつちや重い」とげにも

数日前わが絵のグループ展に上京せし妹よ
脳梗塞で倒れたり　とは

平成27年（2015）

戦《をのの》く　F20　1990

ピカソの「ゲルニカ」

寝正月

年末より風邪をひきたり咳しげし　予防接種を毎年うけゐて

家庭医の突如年末閉院の不安が風邪を長びかせしかも

一週間ベッドですごす　処方薬終らば癒ゆると思ふ他なく

冷凍食品充分あるに食欲なく　夢うつつ頭《た》つは誰《た》が後ろ背か

咳は止み　せめてパジャマを着替ふるも足に力の入らずふらつく

予約の最小五千円のおせち重《ぢゆう》　ちんまり豪
華にいまさら侘し一人の膳は

娘に言はる心配かけまじと寝こみしを言はざ
ることこそ　心配なりと

風邪癒えて

1月もやうやく終り生き甲斐のもどりて描く
グループ展せまるヌードの生

澄みわたる立春の夜空　満月があまねく下界
を抱擁し照る

「イスラム国」に邦人２人が処刑され　首相
の積極的平和主義憂ふ

エレヴェーター

常のごと出かけむとして地下鉄のエレヴェー
ター前「工事中」の貼り紙

生活範囲が突如閉ざさるショックにて　以後
２か月はどこへも行くな　か

骨折後　エレヴェーターの恩恵を空気のごと
忘れゐたるを思ひ知らさる

ホームへの長き階段谷底まで　とんとん降り
ゆく　老いも若きも

仕方なく意を決しくだる　杖と手すりにしが
みつきつつ一段また一段

毎週の絵に行く日こそいかにせむ　カンバス
と絵の道具　さうよ　タクシー拾へば

ゆるり歩かう

風邪のあと久しぶりのまぶしさよ　体力試し
のマイ散歩コース

折り返しの隣り駅の茶房にて常の席に座せば
昨日も来たるごとき思ひに

茶房テラスの植込みの向かう　人々や車の往
来　騒音さへ心地よく

久々の散歩よ無理せず帰路地下鉄と　決めゐ
しに　さあゆるり歩かう

13歳の笑顔

あまりにも唐突無惨に消されたる13歳のあどけなき笑顔

離婚の母と北の離島より喧騒の都会に越し来し母子家庭の少年

貧しさは罪悪と知る　日がな一日働かねばくらせぬ４人の子を持つくらしは

純朴ゆゑ強要されて不登校に　昼夜働く母には健気をよそほひ

弟らの世話もよくし母を助け　明日こそ登校をと決めし夜　ラインに呼び出され

13歳の素裸のなきがら見つかりたる河川敷一
帯　怒りと悲惨と祈りの献花波立つ

数日後　少年3人《みたり》逮捕さる　リーダー18歳と
17歳2人

無料のライン　とは何ぞ　少年グループ　ア
メーバーの如つながるらし

ラインのつながりは厳しくて大人には絶対秘
するが仲間のオキテと

脱けたくも尚暴力恐れ　ＳＯＳ　ラインゆゑ
遂に大人には届かざりけり

ライン無ければ生きていけぬと彼ら　あどけ
なき少年の笑顔は永久《とは》にもどらじ

いかに生くべき

あこがるるメルケル首相の来日講演　全文が
朝刊一ページをぎつしりと占む

共に敗戦70年の　ドイツは過去を総括して周
辺国と和解せり

安倍首相は終（敗）戦70年を前にして「談話」に近隣国への侵略認めたくなく

東日本大震災の原発事故に　ドイツは直ちに自国の脱原発を宣言しぬ

当の日本は事故後の検証未来に続くまま　原発輸出と再稼働推進へ

われに双生児あり

一人娘と共に住まねど共棲する双生児ありそは〝短歌〟と〝油彩〟

以来フタリと喜怒哀楽を共にして生くる励みとなりにけるかも

当時夫の美術講座の受講生には描く人多く
画廊のオーナーもゐて

故に始まるグループ展も15回まで　既に夫亡
く　改名「美遊展」は今年5年目

風景や静物画のなか恥ぢらはぬわがヌードい
としくわが身もいとし

脱原発　にはあらねども　脱亡夫　いまはも
自由をおのれ生くべし

われに短歌と油彩ある限りわれは生く　紙と
ペン　カンバス　そして曾孫の笑顔に

補聴器

この日ごろテレビのボリュームあげてなほド
ラマの会話は聞きとりづらし

日常にさして不便はなけれども当然なるかな
年齢《とし》重ぬれば

補聴器を求むるべきか迷ひつつ売場を横目に
素通るいくたび

補聴器は雑音をも拾ひ　世間とはかく賑やか
なりしかと驚くわが耳

近視鏡を初にかけし時に似る　色形鮮明の世
界に驚きし時に

三《さん》猿《ゑん》の聞かざる世界は平和なりしも　補聴器
は老いの助けと知りてはゐしも

頁めくる乾きし音さへ耳につく　静《せい》なる自由を欲する己も未だゐて

5指のあるソックス

手袋の如く5本の指のある靴下《ソックス》を送りくれたる友あり

面白く先づ手にはめて足に履けば独立せし5
指が指招きをする

立つ時のわが重心は踵かも　5指には意識せ
ざりしを気づかされたり

猿のごと握れはせねど地を摑み踏みしむるを
教へくれたる5指ある靴下

足弱きわれに心を　送り主の北国は未だ雪残るらし

小雨の上野公園

霧雨に桜並木の幹はみな黒ぐろきはだつ　主役は去りて

花過ぎて人通り無き並木路を占むる一団　ふとここは日本かや

爆《ばく》買《が》ひのキャリーカートひく群れに違和感あれど親しみも見ゆ

間にあはざりし花の過ぎたる無念さを仰ぎ頻りにシャッター切る彼ら

せはしげに鳥鳴きゆく上野より「サイチェン」グループは心足らひて帰国するらむ

ぬか雨に桜花の形見赤茶けて歩道の脇にへばりつきゐる

ネパール大地震　M7.8

2回訪ひしネパールの世界遺産寺院群　一瞬にひしやぐる影像《さま》に　鳥肌ぞ立つ

朝な夕な紅《くれなゐ》に染むる「神の座」のヒマラヤ山脈のふもとネパールは

ヒマラヤが世界最高峰なるは四千万年前？
南北より巨大地下岩盤《プレート》激突し盛り上りし結果
と

ネパールはかくなる「地震の巣」の上に　7
つの世界文化遺産ある観光国なり

ほとんどが煉瓦造りゆゑ　倒半壊77万戸　死
傷者2万数千人　ヒンドゥ教の神々たちは
いかにおはすか

幼女期より成人までを外界断ち　年に一度顔
を見す生き女神さまは　いかにか
（かつて我は見き）

貯筋体操

貯金にあらで貯筋とは嬉しく惚れこみて申し
込む区の呼びかけに

90歳　年ごとに足の衰へを感じをり　ただでさへ骨折せし身は

杖ありても階、段、下、るは恐ろしく　エレヴェーターエスカレーターが頼みの綱の身

参加者は10名後期高齢者　孫より若き理学療法士は　やさしく美男におはす

老骨はかくなる若さに心ひかれ　参加するたび効果ある気がす

行きはバス　帰りは散歩の気分にて　4停留区間を短歌《うた》の種拾ひつつ歩く

ふたたび「なつかしの歌を歌う会」

人気増す月一度の「歌う会」　今日約130名と
か若きシニアたち

むんむんとかく集まるにふと思ふ　この老人
パワー政治をも動かし得るかと

イタリアより一時帰国のバリトンと声はりあ
げ和すサンタールチーア

この世の春　老いどこ吹く風と女学生の気分
楽しく帰れソレントへ

男性歌手と女性ピアニストはわれら老いのア
イドル　歌の間の掛合漫才の如きおしゃべり
に笑ひ弾くる

毎月曜のテレビも楽しみ　われらが眼鏡のテ
ノール歌手にときめくために

7月に入る

気がつけば早も7月　今年も遂に半分過ぎたり　余生を削る音もせで

7月はわが誕生月　めでたくもかしこくもけなげにも　卒寿の日を迎ふ

「うるう秒」は目に見えぬまま素通りき　地球自転の「一秒プラス」は

国会

本読まぬ日あるも新聞すみずみまで　読まざる日は無し　政治の行方

夏までに安保関連法案を成立さすと首相公言
米国議会で

自国民自国会無視　独走の数をおごりの虚威
許すまじ

与野党の推薦3人《みたり》の憲法学者も共に違憲言ふ
集団的自衛権行使

合憲違憲　与野党せめぎあひ遂に　閣議決定
後にやうやくの初の議会が95日延長へ

日本各地に盛りあがりたる反対デモは違憲何
のその首相念願の安保関連法案と対す

国民が充分理解してゐぬは承知と首相言ひし
も　強行裁決

裁決直後　国民の目そらすがに　新国立競技
場計画を一転白紙にすとセンゲン
（２０２０東京オリンピックのための）

２５２０億円桁違ひの総工費は「安保」同様
国民の反対80％に達しゐき

70年の終（敗）戦記念日をひかへ　あまた難
問かかへし日本を　いづくに導かむとするや

原爆忌

広島の鐘は除夜の鐘に似てグァーン　グォーンと重く尾をひく
長崎の鐘はキンコン　キンクァーンと澄みて
平和の祈りの余韻

70年前　8月6日9日の青天に突如きのこ雲
　そして　街は死したり
得体知れぬ強烈ピカドン炸裂に100年は草木も
生えぬと言はれき
草木《さうもく》は現在生えしが被爆者の体は放射線で壊
されしまま

現在《いま》この星に在る一万五千発の核兵器　唯一
の被爆国日本こそ率先し廃絶に行動すべき

戦後70年の8月

8月は　6日　9日　12日　15日と続く懺悔
鎮魂平和の祈り月

東京の猛暑連続8日とは気象台始まりて以来の記録とぞ

あまりにも猛暑続きに冷房をつけ放し　外出せず　本も開かず

35度越ゆる猛暑　熱中症にてこの一週間に死者32人と

国民の反対にもめげず川内《せんだい》原発再稼働す　あ
あ福島の原発事故の未解決は未来に続くも

30年前　乗客乗員500余名の日航機墜落　ダッ
チロールの死の恐怖に乱るる文字の片々散舞

「パパはもう助かるまい」「残念だ」「みん
な仲よく」「ママを助けて」「幸せだった」
「妻や子の名」エトセトラ

敗戦と言ふべき8月15日はすべてが死より解放され自由を得たる日よ

以後70年の今日《こんにち》まで憲法9条にて日本は　兵一人も殺さず　一人も死せずに来たりぬ

現政権の戦前に回帰せむあやふさよ与党多数の権力には　ああ勝てざるか

聖戦　皇軍　大東亜共栄圏等等侵略に他なかりしを認めざる政府

全原発中止中の今年の猛暑にも電力不足はおこらざりき　川内《せんだい》原発稼働、第一号の意味するは何

可決

連日連夜各地に盛りあがる違憲デモ　個々の
意志にて学生やママの会らまで国会前に12万

国会前の歩道ぞひ一直線にものものしく警察
車両並列しシュプレヒコール封ず

かつての日、べ平連デモに参加せし己をふと
も探しぬ　この12万を越す中に

遂に　朝刊トップ上段を横切る太き黒帯の白ぬき大活字　「安保法成立へ」

首相の独走　与党の安易な妥協　予想してはゐしもがつくり腹立たし

強引の可決あとの首相の弁　またもや「粘り強く国民に説明する」——（以後説明全く無し）

幹事長も怒号の中の可決をば与党単独強行裁決にはあらじと

絶対多数なるも与党は　野党３党計14名加へてゐたれば

数日後の記者会見に「アベノミクスは第２ステージ新３本の矢放つ」と強行安保には触れず

去年ノーベル平和賞の18歳マララさん「兵器
より子供に本を」

元国連難民高等弁務官緒方貞子氏「日本は難
民受入れに積極的平和主義あると思えぬ」

憲法9条何のその　国民に説明なく米国に向
き　自衛隊は軍隊と化すらむか

スーパームーン

今宵地球に最短距離の満月は膨張しゆらぎ話しかけくる　見詰むる我に

スカイツリーの肩に負はれし円盤の重さは無きか　貼り絵のごと浮く

うす墨の虚空無限の広がりに孤高の月は笑みゐる如し

遥かなる宇宙のビッグバン想ひ　星すべて隠しし満月一点の空仰ぐ

若き日のエジプトの旅思ふ　ピラミッド仰ぎて叫びき「日本と同じ月が」

抜歯

40余年前に抜歯して以来　いま老いて一本でも残したき思ひはあれど
90歳になるも20本健在の自慢の一本の噛みづらきに

左上奥歯のそれはすがりしもあつけなく麻酔
にその生終りぬ

90年のつきあひと遂に別る　掌《て》の上に一個の
存在として在るはうす黄いろオパールか

新しき部分入歯が出来るまで口をすぼめて
オホホと笑おう

可決後も

反対デモのうねりを生みし安保関連法案　成立後も各地に集会や抗議デモ続く

憲法53条による野党求めし可決後の臨時国会召集も　政府は逃げの暖簾に腕押し

米軍普天間飛行場移設問題も政府は繰返す
「辺野古あるのみ」

沖縄の民意は「No」　絶対に新しく米軍飛行
場造らせぬ

国と県の全面対決悲しむべし　政府は遂にア
メとムチを

県や市の頭ごしに　自治会の如き3地区に直
接振興費を出すと

憲法も国会も対話も軽視する政権への　朝刊
一ページ分の批判広告

改憲派は武道館にて大規模集会　安倍首相も
ビデオメッセージにて参加せり

「花は咲く」「いつか恋する君のために」わ
が齢の叶はぬその未来を信じよう

原節子

「伝説のまま女優沈黙のまま」と新聞片すみ
に報ず　原節子2か月前の死

50年前の絶頂期に突如引退しマスコミを世間
を避けて　消息絶えゐき

銀幕より消え半世紀　よもや先刻まで生あり
しとは思はざりき

戦中戦後映画全盛時代の大女優　神秘深むる
まま95歳を閉ぢたるか

みづみづしく賢く愛情こまやかな「東京物語」など　あの声　あの笑顔　あの美貌

羽生結弦（ソチ・オリンピック金メダリスト）

たをやかにて強靱なる肢体の軸ぶれずに高飛ぶ４回転ジャンプを会場息のみ見詰むる

時間と空間まとひ支配し　いま3連覇遂ぐ
世界最高330点は　（GPファイナル）

未だかつて世界誰も成し得ざりし300点を越し
しばかりの（NHK杯322・40点）己にも打ち勝つ

12月

明けやらぬ果なく広がる東南に明けの明星一つ輝く

あなをかし　風邪ぎみにして描きたるヌードは痩せて顎の尖がれり

どこにでもゐる孫のごとき青年の世界最高3
連覇に　その母の思ひを　思ふ

忙《せは》しげなジングルベルの流れ止み今年も遂に
暮れゆかむかな

ベートーベンの生涯の詰まりしデスマスク
悲愴　運命　田園　第九

平成28年（2016）

秋刀魚くん　F15　1990

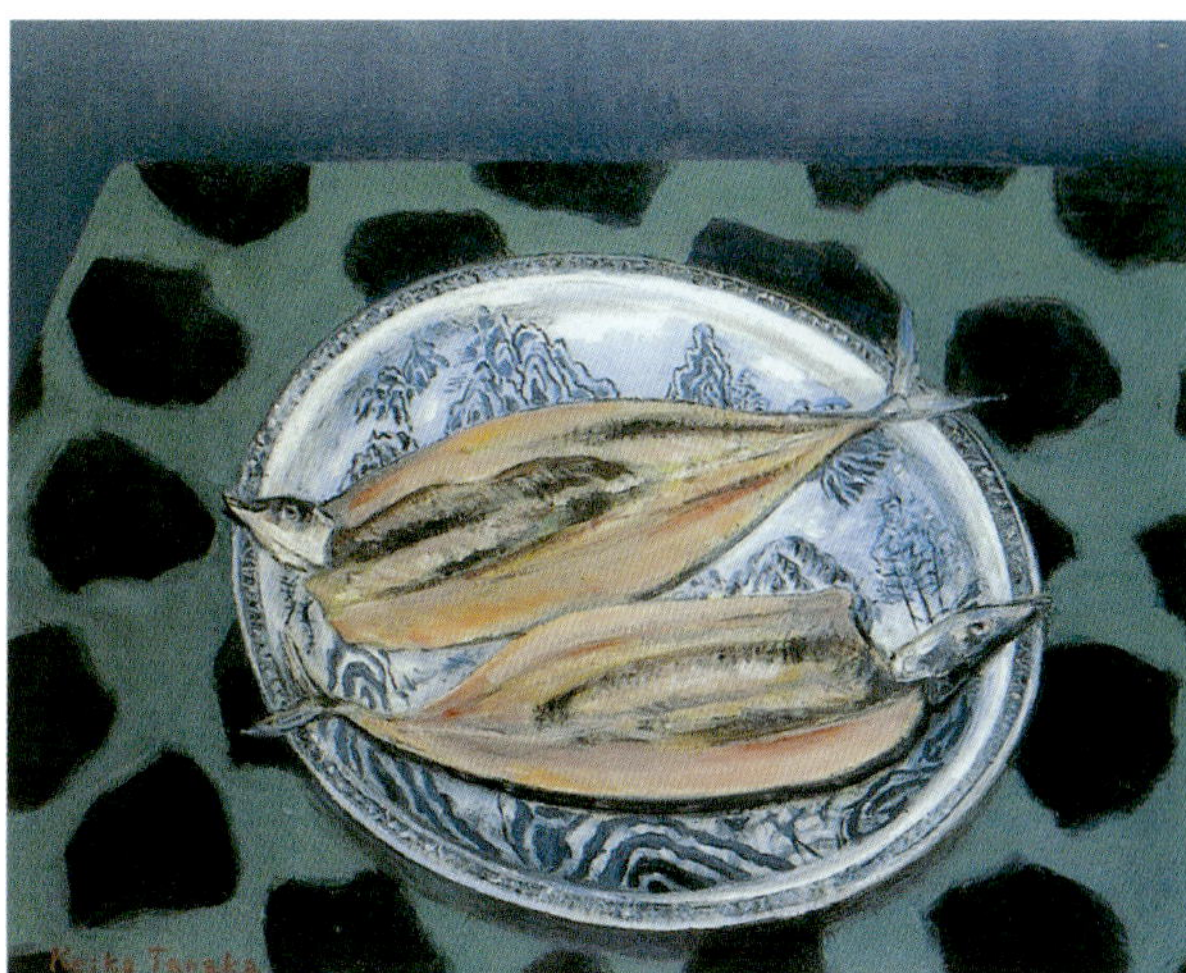

平和なればこそ　うまし

松の内

初日の出　10階のバルコニーより拝む　幼な日父の強要せしまま

林立の黒きビル群蹴散らして　意気揚々と新年は旅立つ

6方向に光芒放ちて出現のダイアモンド富士
は国家を征す　（テレビ）

夫死して一人では全く飲まざるに　地下《トランクルーム》よ
り出し来てワインの栓ぬく

大晦日は常に第九に終るわれ　初感動せし指
揮者大野和士が朝日賞の元旦記事《ニュース》　うれし

あこがるる世界王者羽生結弦の左目さがるを
発見し　ほくそ笑む

かつてより観たかりし映画「戦火の馬」　テ
レビに向かひ怒りと愛と涙止まらず
（スピルバーグ監督）

年賀状　今年戻りしは無けれどもこれを最後
と記すあり　目を閉づ

明日はわれの血を継ぐ娘《こ》や孫　亡夫《つま》の知らぬ
幼な曾孫の世界に遊ばむ

夫死して11年なり　われ生きて（亡夫も）91
歳になるなり今年は

正月早々ただに懐かし恒例の箱根往復大学駅
伝

茅ヶ崎のポイント　平塚中継所　湘南は生れ
育ちしわれのふるさと

濃緑の幅広帯なす防風林　左は太平洋　真正
面は富士　そを駈けぬくる選手たち

テレビ画面に身内の卒へし大学を目には追ひ
つつ　ふるさとこそ感ず

あけましておめでたうの虚をつきて　義兄が
あの世に旅立ちし報

93の死はめでたしと　かへりみて　今年91に
なるなり　わたし

一人住むも　娘《こ》や孫そして曾孫たちを　わが
繁栄《いのち》とぞ心するべし

スキーツアーバス事故

深夜　スキーツアーバス転落し　乗客39名全
員大学生の　14名死したりとぞ
12mの車体は形骸化《骨ぐみのみ》　フロントは脳挫傷《ぐちやぐちや》　屋
根はくの字に陥没　聞こえゐるなむ阿鼻叫喚
が

押しつぶされ26名重軽傷　未明のテレビに残
雪上の　ブレーキ？　あと？

明日ある彼等自身も予想だにせざりしはず
一寸先の己が死を

突然に若き未来があっけなく閉ざされしは
運命か　原因責任糺すべし

昨日今日

片足立ちが３秒も続かぬわれにして必ずや見るマラソンとフィギュア

号砲一発　弾けなだれゆく長き帯　万を越すとふ別府マラソン

きらめき競ふ　帽子手袋サングラス　赤白黄
黒水いろのランニング

マラソンを見るは楽しき羚羊《かもしか》の如き若者の足
の動の美

春めけば銀座は更に人あふれ師の個展会場に
絵と対話をす

卓球《ピンポン》の試合は今まさに格闘技　互ひに台離れ
奇声あげ打ち込むラリーの凄さ

「安倍首相へ　あなたの憲法なのか」　新聞
の社説にうなづきつつ切り抜く

抜歯あと　やうやく部分入れ歯出来　いいい
と笑ふ　われの唇

3月10日は

3月10日は東京大空襲とわが結婚記念日　何も無きが幸せのバラック新生活始まりし日

高浜原発稼働差し止め仮処分決定して今日稼働中にて初の停止

心より喝采叫ぶ　隣県の原発止めし滋賀住民の心意気に

五輪招致にアンダーコントロールされゐると大胆にも世界にアピールせしは　首相ぞ

「保育園落ちた日本死ね!!!」「匿名では確かめようがない」そつけなき首相に呼応し与党席より飛ぶヤジのたば

母親らの怒り世論も沸騰し　署名3万の直訴と国会へデモ

ブログの荒き荒き言葉ゆゑにこそ　政府をやうやく本気にさせしか

毎年毎年保育園足りず　あふるる待機児童（東京で8千人余も）に新たな対策検討すと首相に言はしむ

国内の国外の事件多すぎておだやかならぬ今日も暮れゆく

人工知能

人工知能が一流棋士と対局し　4勝1敗　ため息以外なし

人工知能が作りし人間に勝るとは　物質に思考こめうるとは

科学技術精密機械エトセトラ　人間以外に思考など絶対出来ぬと信じてゐしに

古代甲冑姿の人工知能が　世界支配の夢見つ杞憂にてあれ

今し究極科学技術の原子核が　人間を亡ぼす
恐怖　身にしみてあるに

思考持つ人工物が人間を　よもや支配する世
の来ぬことを

あれから2週間（熊本大地震）

熊本に立て続けに震度7がおき　2週間に反復余震千百回を越ゆ

日本全土の10キロ地下を幾筋ものみみずがうごめくごとき活断層地図

野菜畑が左右真二つに割れ　２ｍずれてジグ
ザグ続く　活断層の正体

生活の足もと崩れ　またゆらぎ　定かならぬ
大地に微睡《まどろ》むさへ難しと

容赦なく倒壊せし瓦礫の山に降る　３万人の
各避難所にも雨降り止まず

憲法記念日の新聞

5月3日の朝刊に際立つ文字は　9条　改憲
違憲　立憲主義　などなど
国民は憲法を守らねばならざるか　Noなり
憲法は為政者こそ守るべき

声の欄の年齢見れば若きなり　国を守るに軍
隊は絶対必要と

米共和党のトランプ氏の如き強硬を淋しみ呟
く　戦ふのは君たちぞ

「主権者はわたしたち」のタイトルのみで
一頁全面埋め尽す胡麻粒の如き一一、六〇七
人の氏名たち

東京の区分の中にわが名も生く　埋もれ気づかぬ砂粒ほどの主張なるも

武器輸出3原則の名義を変へ　豪州の潜水艦受注に売りこみしも　失敗す

失敗を心より喜ぶ　日本が　死の商人や軍需産業にのめりこまざるを願ひて

芍薬

一夜明け目を疑ひたり小児の頭ほど大輪に
「立てば芍薬」

仏壇の前にて亡夫へ頭かしぐる赤紫ぼんぼり
の大輪あでやか

意外にも妬ましさ湧く　大輪が牡丹と紛ふほ
どなまめくに

幼な日の田舎の日蔭に自生せしは　たしか芍
薬一重《ひとへ》にてありき

描きたく対話しゐて十重《とへ》二十重《はたへ》の花弁の深み
に吸ひ込まれ　絵筆おく

ヒロシマとアメリカ大統領

世界で唯一原爆落としししヒロシマへ米大統領来　あれから71年
原爆の資料館をわづか10分見しばかりに少し不満は残る

オバマ氏が慰霊碑に献花後　黙禱をせるも頭
はさげざりしにふと浮かびしは

ひと月前G７外相会議後の献花でもケリー氏
いいみ頭さげざりきを

アメリカの単なる風習かまたは謝罪したくな
き思ひのあらはれかとも

「謝罪はいらぬ来てくれるだけで」とて　核なき世界をめざすならその一言を聞きたかりき

オバマ氏が献花後最初に発しし言葉「死が空から降って来て」

文学的で美しくも　当事国としての受けとめ無きを淋しむわれか

プラハでは「核なき世界をめざす」とてノー
ベル平和賞　そして　７年後の今日

ヒロシマでは「戦争なき世界実現を」はまさ
に来春任期の終へるオバマ氏のレガシーか

アメリカの核の傘依存の被爆国日本は「戦争
なき世界」言ふ大統領と握手　されど

アメリカは今後30年間に一兆ドル（約110兆
円）の新型ミサイル等計画進むる現実

側近の黒きカバン「核のボタン」を大統領は
ヒロシマへも持ち込みてゐき

終幕は大団円か　大統領が　アメリカ側の招
待被爆者をハグ、せし場面で

ヒロシマの平和記念公園の情景をチャンネル
替へつつ一日過ぎたり

くらしの中で

曾祖母われと娘と孫の3人《みたり》ゐてそれぞれ母の
日　それぞれの初夏

またひとり旧友逝きたり「クリスチャンの母
100歳にて召されまし」と

議論もなく消費税10％の再、延、期、　予定の社会
保障と世界一莫大な国の借金返済の財源は

首相の独断　与党の無気力　野党の少数　怒
るも疲れ新聞を閉づ

「死が空から降って来て」「ヒバクシャはやがていなくなる」も「道徳の目覚めたる日に」と8月6日を語りしオバマ氏

日本の研究チーム発見に命名さる「ニホニウム」　周期表113番目の新元素とは

何の役に立つや知らねど千分の二秒のはかなき命を捕へし研究に　目がくらむ

今回の都知事舛添氏もまた「政治とカネ」ゆゑ職を追はれき

数々の疑惑に答へず頑固なまで己を通して無言のまま去りたり

あでやかな芍薬の花びら十重二十重　そと触るれば意外や中心部よりはらはらはらりと散りぬ

紫陽花

湘南に住みゐし少女期　紫陽花の明月院ブルーに目を奪はれき

冬訪へば　林立のまま花も茫々　さながら亡霊　亡びの美に心奪はれき

テレビでは今を盛りの紫陽花の七変化の彩を
すがすが映じをり

彩形《いろかたち》少し異なる改良種に雅《みやび》な名をつけ誇らしく愛でゐて

紫陽花は4枚の　花（萼）弁にて成る小花の
集合　なのに新種5弁には違和感覚ゆも

参院選投票日（7月10日）

安倍首相は　アベノミクスは道なかばなれど
尚「ふかす」と誇り　改憲には触れず
それのみか　野党4党が同一候補たてしを
「野合」と声高に叫ぶ

4

野党共闘するは与党側に$\frac{2}{3}$とらせぬため
とれば必ず改憲に傾くべし

戦後にやうやく歴史上初めて女性が参政権得
て以来　一度も欠かさざりしよわれは

投票は義務には非ず権利なり　杖つき猛暑に
背を焼かれつつ行く

国政選挙の投票率54・70％　相も変らぬ国民
（有権者）の低意識

即日開票始まると同時に当確が出るなど　自
民陣地は予想を越えて拡大しゆく

釘づけのテレビに　自公民と改憲会派の合計
が$\frac{2}{3}$にせまりため息　声も出でざり

けたたましく時間は流れゆきたるか改憲$\frac{2}{3}$を越えし瞬間

祭り終り　はれやかな顔の首相は「具体的に改憲議論進めたい」

参院選が終るを待ちて休む間なく　明日は都知事選立候補の告示なり

驚きは鳥越俊太郎が４野党統一候補とし　最
終日今日　立候補を表明

参院選の結果に止むに止まれずして　みづか
ら立候補を決断せしとぞ

ジャーナリスト鳥越俊太郎のファンなれば
よくぞと嬉し　溜飲をさぐ

曾孫たち

2年前に転勤先の新潟より孫娘の家族がわが
家を訪れしころ
男《を》の曾孫は3歳　0歳の女《め》の曾孫もただただ
希望の　われの未来よと
わいわい

そして今日2度目の来訪　男《を》曾孫5歳女《め》の子
は2歳になりてぞゐたり

久びさに会ふ子らいとしももどかしく距離感
覚ゆる子らの成長に

わが血のいくばく流るる曾孫を抱きしめたき
思ひも老いのよろめく身には

5歳児の読み書き物知り褒めやれば得意顔

「今度来る時ひいばにズカン持って来るネ」

（ひいば＝曾祖母われ）

2歳子はお兄ちゃんの持ちゐる物欲し叶はず

大声ワアワアわめき泣く

わが当時をふつと思ひ出づ　全く同じその泣

きぶり　たのもしく

孫娘（母）は子らのケンカを鷹揚にかまへて
笑みゐる　われははらはら

静かなる一人住まひにバタバタと駆けめぐる
も　帰れば解放感と物足りなさ

元気な曾孫よ　ひいばば無き世はわれに代り時
代を見詰むる目を持たれかし

あとがき

終戦直後、共に23歳で結婚し、夫の原稿の清書をしていたせいか、大胆にも夫に内緒で小説を婦人公論に応募して佳作になったこともあったほど、私は散文が好きだった。

それが、短歌は短くていいと単純な思いで入ったせいか、一首での独立は苦手、ほとんどが連作なのである。ということは、思いが一杯あって、どうしても字余りに。まして現代は漢字単語が多く、短歌としてはそぐわない。加えて社会問題、政治問題を詠もうとすれば尚のことゴツゴツ、短歌にはふさわしくない、記録詠？　となる。

今さら詩にモヨウガエなどする気もないし出来もしない。とにかく己の短歌と油絵を、上手下手など関係なく続けるだけ。91歳の現在まで、生きる力となってくれているのだから。

というようなことを今年の樹林誌7月号に91歳のひとりごととして書きました。40余年の、声調流暢さの欠けた短歌を自省しつつも、生きるための記録詠なのだなあと、ひとりよがりに納得しています。今回9冊目になるこの歌集は、まさにうた日記。

ともあれ読んでいただければ嬉しいです。

2年前、歌文集『べいじゅ』を出した時、短歌新聞社から現代短歌社の今日まで、ずっとお世話になっている編集者の今泉洋子さんに、次は卒寿ね、と言われ、生きていたらと笑ったものの、本気でした。が、その卒寿も過ぎ、91歳。遅ればせながらここに『べいじゅ』よりは軽いですが、歌集をまとめることが出来ました。日記詠です。

このたびも樹林誌主宰の大坂泰先生、出版社の方々、とりわけ今泉洋子さま、本当にありがとうございました。次は白寿という希望を忘れずに、今を心して、い、い、い、生きたいものです。

平成28年7月　91歳の誕生日に

田中恵子

著者歌歴

大正14年（1925）神奈川県茅ヶ崎市に生れる
昭和24年（1949）田中穣と結婚
〃 53年（1978）五島茂の「立春」に入会
平成元年（1989）大坂泰の「樹林」創刊に加わり現在に至る
〃 5年（1993）歌文集『ささやかな「ふたり史」抄』
夫・田中穣と共著
〃 8年（1996）「立春」退会
〃 〃 〃 歌集『ふたり史・国外の旅』
〃 10年（1998） 〃 『母に口紅を買ふ』
〃 11年（1999） 〃 『灰色のノート』
〃 15年（2003） 〃 『膠原病棟』
〃 17年（2005）夫・田中穣死す
〃 18年（2006）歌文集『五月の雹　穣さんとわたし』
〃 22年（2010）歌集『ひとり史抄』
〃 26年（2014）歌文集『べいじゅ』
〃 28年（2016）歌集『うた日記・尽くるまで』

樹林叢書

歌集　うた日記・尽くるまで

平成28年10月15日　発行

著　者　田　中　恵　子
〒112-0002　文京区小石川5-6-9-1002
発行人　道　具　武　志
印　刷　㈱キャップス
発行所　**現　代　短　歌　社**

〒113-0033　東京都文京区本郷1-35-26
振替口座　00160-5-290969
電　話　03（5804）7100

定価2700円（本体2500円＋税）
ISBN978-4-86534-187-4 C0092 ¥2500E